LIGUE FRANÇAISE

POUR LE

RELÈVEMENT DE LA MORALITÉ PUBLIQUE

LA

PRESSE PORNOGRAPHIQUE

ET

LES IMAGES OBSCÈNES

DEVANT LE SÉNAT

MARSEILLE

TYPOGRAPHIE ET LITHOGRAPHIE J. CAYER

Rue Saint-Ferréol, 57.

1888

LIGUE FRANÇAISE

POUR LE

RELÈVEMENT DE LA MORALITÉ PUBLIQUE

COMITÉ RÉGIONAL DE MARSEILLE

Rapport des Exercices 1886-1887 et 1887-1888

PROJET DE LOI GLASSON-JALABERT

Pétition contre la Presse pornographique et les Images obscènes

DISCUSSION AU SÉNAT. — SUCCÈS DU PÉTITIONNEMENT.

MEMBRES DU COMITÉ RÉGIONAL

Président.............. M. ÉMILE SCHLOESING, ancien juge au Tribunal de Commerce.

Vice-Présidents .... MM. ERNEST DELIBES, ancien Conseiller Général.
le Docteur ÉMILE ENGELHARDT.

Secrétaire et Trésorier.. M. LOUIS LAUTAL, ancien adjoint au Maire.

Assesseurs .... MM. le Docteur CHARLES LACHAUX.
JOSEPH GUIRAND, Conseiller Général.
ÉDOUARD MONOD.
LÉON FRAISSINET.
LÉONIDAS DEMOUCHE.

LIGUE FRANÇAISE

POUR LE

RELÈVEMENT DE LA MORALITÉ PUBLIQUE

COMITÉ RÉGIONAL DE MARSEILLE

Dans la dernière Assemblée générale des membres de la Ligue, le 24 novembre 1886, le Comité régional a déclaré que l'insuccès de sa tentative auprès de la Municipalité de Marseille contre la réglementation du vice ne le décourageait nullement. Nous avons dit qu'au lieu d'attaquer les turpitudes qui nous écœurent, nous devions changer de méthode et, avant tout, appeler l'attention de nos concitoyens sur la situation faite à la femme par nos lois et par nos mœurs. Nous avons démontré que la question de l'émancipation morale, juridique et économique des femmes se dressait devant nous tout entière, et que, pour en finir avec la réglementation en France, il fallait porter l'enquête et l'effort d'amélioration au sein même de la famille, au foyer et autour du foyer.

Depuis lors, la Ligue n'a pas cessé de travailler à l'élaboration d'un droit nouveau, à la réforme du Code civil : en faveur de la femme mariée, pour que sa situation au foyer soit consolidée, qu'elle ne soit plus privée de l'autorité légale à laquelle sa haute dignité de mère, d'éducatrice et d'épouse lui donne les droits les plus incontestables : — en faveur de la femme non mariée, pour qu'elle puisse suffire à ses propres besoins et conquérir cette indépendance sans laquelle il n'y a ni liberté ni dignité.

La Ligue ne se fait aucune illusion sur les difficultés de cette entreprise, mais elle ne recule pas devant les questions dont la solution lui paraît être de la plus haute importance pour le relèvement moral du peuple français.

Tôt ou tard elle atteindra son but.

En 1887, le Comité central à Paris s'est tout particulièrement préoccupé de la protection à accorder à la femme de l'ouvrier. Une discussion sur ce sujet avait eu lieu en 1886 au sein de l'Académie des Sciences morales et politiques.

Un de ses membres, M. Glasson, professeur à la Faculté de Droit de Paris, avait lu à la savante Compagnie un mémoire sur le *Code Civil et la Question Ouvrière*. Dans ce travail, il indiquait ce qu'il croit équitable et possible de faire à ce sujet. La Ligue l'a prié de l'aider à formuler ses propositions en une sorte de projet de loi. Elles ont été présentées à l'Assemblée générale de la Ligue, à Paris, par M. Ph. Jalabert, aussi professeur à la Faculté de Droit de Paris et sont ainsi conçues :

ARTICLE PREMIER. — Lorsque le mari met, par son inconduite, les intérêts du ménage en péril, la femme peut, sans demander la séparation de biens, obtenir

de la justice le droit de toucher elle-même les pro
duits de son travail et d'en disposer librement.

ART. 2. — Cette demande est portée par la femme
au juge de paix du domicile du mari, ou, si ce dernier est ouvrier et justifiable d'un Conseil de pru-
d'hommes, à ce Conseil.

ART. 3. — En cas d'abandon, la femme peut, en
outre, obtenir du juge de paix ou du Conseil de
prud'hommes l'autorisation de saisir-arrêter et de
toucher les deux tiers des salaires ou émoluments du
mari, si elle a à sa charge des enfants issus du ma-
riage, le tiers si elle n'en a pas.

ART. 4. — Le mari et la femme sont appelés devant
le juge de paix ou le Conseil de prud'hommes par un
simple billet d'avertissement du greffier de la justice
de paix ou du secrétaire du Conseil de prud'hommes,
sur papier libre, en la forme d'une lettre-missive re-
commandée à la poste.

ART. 5. — Le mari et la femme doivent comparaître
en personne, sauf le cas d'empêchement.

ART. 6. — La signification du jugement autorisant
la femme à toucher une partie des salaires ou émoluments du mari vaut saisie-arrêt, quand elle est faite
à la fois au mari et au patron ou débitant d'émo
luments.

ART. 7. - Tous les jugements rendus en ces matières sont essentiellement provisoires. Ils sont exé-
cutoires nonobstant opposition ou appel.

ART. 8. — Les actes de procédure, les jugements et
les significations prévus par la présente loi sont dis-

pensés des droits de greffe, de timbre et d'enregistrement.

Le Comité régional a porté ce projet de loi à la connaissance de ses adhérents et du public marseillais en le faisant insérer dans le *Sémaphore* et le *Petit Provençal*. Les adhérents ont pu le lire aussi dans le Compte-rendu des travaux de la Ligue de juillet 1884 à juillet 1887, dont un exemplaire leur a été respectivement adressé en novembre 1887.

Dans cette brochure ils ont pu remarquer (pages 47 à 51) le résumé de tout ce qui avait été fait à Marseille. C'est ce qui nous a dispensés de les réunir l'année dernière en Assemblée générale. Alors nous espérions avoir une conférence sur ce projet de loi Glasson-Jalabert ; elle est forcément renvoyée à plus tard.

Le Comité central à Paris attend une occasion favorable pour faire présenter à la Chambre des députés cet intéressant projet de loi.

Ce qui l'a essentiellement préoccupé pendant l'exercice 1887-88, ce sont les outrages odieux commis contre les mœurs et contre la morale publique par la presse pornographique en violation formelle des articles 23 et 28 de la loi du 29 juillet 1881 et de la loi du 2 août 1882.

En décembre 1887 et janvier 1888, la Ligue a présenté, sur presque tous les points de la France, une pétition à l'adresse du Sénat pour le prier de faire exécuter ces lois et d'arrêter ainsi dans sa marche ascendante la licence corruptrice de la mauvaise presse.

Voici les termes de cette pétition :

LIGUE FRANÇAISE

POUR LE RELÈVEMENT DE LA MORALITÉ PUBLIQUE.

MESSIEURS LES SÉNATEURS,

Les soussignés ont l'honneur de demander le renvoi au Ministre de la Justice avec recommandation expresse, de la pétition par laquelle ils attirent l'attention de la haute Assemblée sur l'impunité accordée presque constamment aux outrages aux bonnes mœurs, commis en violation formelle des articles 23 et 28 de la loi sur la presse du 29 juillet 1881.

Images obscènes qui sollicitent les regards, écrits orduriers dont les colporteurs importunent les passants, feuilletons qui rivalisent de lubricité et qu'on distribue gratuitement sur la voie publique, journaux pornographiques avec ou sans prétentions littéraires, vendus à bas prix à la porte des ateliers comme des lycées : c'est un flot montant d'infamies qui menace l'honneur et la sécurité de nos foyers.

Nous savons très bien que la répression légale est insuffisante pour mettre un terme à cet état de choses. Nous estimons toutefois que l'impunité presque complète dont jouissent les publications que nous attaquons, ne peut qu'aggraver la situation.

La loi qui régit la presse n'est certes pas désarmée à l'égard de ces turpitudes. Elle vise de la façon la plus explicite l'outrage aux bonnes mœurs commis « soit par des cris... dans les lieux publics, soit par des imprimés... vendus ou distribués... soit par des placards ou affiches, exposés aux regards du public. » Elle vise également les expositions de dessins... ou images « obscènes » (Art. 23 et 28).

Cela étant, nous nous demandons en vertu de quel droit on réduirait à l'état de lettres mortes des dispositions aussi for-

2 *

melles ? La débauche aurait-elle acquis droit de cité parmi nous, au point de contraindre les représentants de la loi à s'incliner devant elle ?

Et surtout qu'on n'allègue en pareille matière ni la liberté de la parole, ni la liberté de la presse. Elles ne sont nullement en jeu. Au contraire, c'est comme citoyens, jaloux par dessus tout du développement de nos libertés publiques, que nous protestons contre une dépravation systématique, qui ne pourrait durer sans préparer notre peuple aux pires servitudes.

La question que nous soulevons n'est pas une question politique, mais une question d'hygiène publique. C'est dans l'intérêt de nos fils et de nos filles, dans l'intérêt en particulier des enfants de l'ouvrier, fatalement exposés aux hasards de la rue, qu'elle doit être résolue.

Qu'il nous soit enfin permis de faire remarquer que l'État, qui répand l'instruction avec une libéralité sans égale, est tenu, sous peine de voir ses plus nobles efforts frappés de stérilité, d'aviser sans retards aux moyens à mettre en œuvre pour faire échec aux influences détestables que nous venons de signaler.

C'est par ces considérations que nous avons l'honneur de demander au Sénat de vouloir bien réclamer au Garde des Sceaux l'application sérieuse des articles 23 et 28 de la loi sur la presse du 29 juillet 1881.

Nous avons l'honneur, Messieurs les Sénateurs, de vous donner l'assurance de notre haute considération.

Le Comité régional de Marseille a fait signer cette pétition par ses adhérents et en a déposé des exemplaires dans les Cercles, sans distinction d'opinions politiques ou religieuses; il a recueilli 990 signatures. A la fin de janvier, toutes les pétitions étaient rentrées au Comité central à Paris, portant un total de 30,200 signatures. M. le sénateur de Pressensé les a remises à la troisième Commission des pétitions au Sénat. Après examen, cette Commission a décidé qu'un rapport serait présenté au Sénat au nom de la *Ligue Française pour le Relèvement de la Moralité publique*, afin de demander l'application des articles 23 et 28 de la loi du 29 juillet 1881 et celle de la loi du 2 août 1882, tout entière dirigée contre les outrages aux bonnes mœurs.

M. de Pressensé a lu ce rapport dans la séance du Sénat du 27 mars 1888 et, sur sa demande, l'Assemblée a décidé que le renvoi des pétitions ne serait fait au Ministre de la Justice qu'après discussion et au nom du Sénat lui-même.

Cette discussion a eu lieu dans la séance du 15 juin.

Voici le discours *in-extenso* de M. de Pressensé, celui qui a été prononcé par M. le Garde des Sceaux, Ministre de la Justice, et celui que M. le sénateur Bérenger a fait entendre.

Hâtons-nous de dire que le renvoi à M. le Ministre de la Justice et à M. le Ministre de l'Intérieur a été voté par le Sénat à l'unanimité.

DISCOURS DE M. DE PRESSENSÉ

MESSIEURS,

Votre troisième Commission des pétitions, dont j'ai l'honneur d'être rapporteur, a décidé à l'unanimité que les nombreuses pétitions demandant l'application des lois existantes aux outrages contre les mœurs publiques commis par la presse seraient renvoyées au Garde des Sceaux après un débat public.

La quatrième Commission a reçu une pétition analogue, et elle a conclu, d'accord avec son rapporteur, l'honorable M. de la Sicotière, à la même décision, à savoir qu'on ne se contenterait pas d'un renvoi silencieux au Garde des Sceaux, mais qu'il y aurait un débat public préliminaire.

C'est ainsi que vos deux Commissions des pétitions ont été d'accord pour penser qu'il fallait donner le plus de solennité possible à ce pétitionnement, en considérant l'importance de son objet. Il s'agit, en effet, de réagir contre un scandale lamentable qui ne fait que grandir tous les jours; le nombre même des pétitionnaires mérite d'être pris en considération. Ce nombre s'est élevé à plus de 33,000 signatures, sans qu'il y ait eu une de ces organisations plus ou moins factices qui peuvent arriver à des résultats numériques beaucoup plus consirables, mais qui enlèvent toute spontanéité et toute sincérité à un mouvement pareil. J'ajoute que si on analyse, comme nous l'avons fait avec le plus grand soin, les origines de ce pétitionnement, dont l'initiative a été prise par la *Ligue pour le relèvement de la moralité publique*, son importance en ressort avec éclat.

On reconnaît tout de suite, Messieurs, qu'il s'agit bien d'un puissant mouvement d'opinion qui s'est produit sur tous les points du pays, en dehors de tous les partis, en dehors de toutes les Églises. C'est bien l'opinion publique dans ce qu'elle a de plus généreux, qui, d'un bout à l'autre de la France, s'est réveillée devant des scandales réellement intolérables et qu'une impunité relative rendait encore plus intolérables.

Permettez-moi d'analyser très rapidement les origines de ce pétitionnement. Nous y trouvons des signataires qui appartiennent à toutes les classes de la société : des membres du corps enseignant en nombre important, recteurs d'Académie, inspecteurs généraux, chefs d'institution, directeurs d'école primaire, professeurs d'enseignement secondaire, membres des administrations publiques et des corps élus, conseillers généraux, conseillers municipaux, maires, juges de paix, notaires, avocats, ecclésiastiques. Parfois la pétition est signée par le curé, le rabbin et le pasteur. D'autres fois, la pétition est signée par le président de la libre pensée, le curé et le pasteur.

Viennent ensuite les commerçants, les industriels, les ouvriers, les paysans. Toutes les régions de la France sont représentées : les mineurs des bassins du Nord et de la Loire, les pêcheurs de la Bretagne et les montagnards des Cévennes, les ouvriers de Lyon, de Paris, les agriculteurs du Midi et de l'Ouest. On peut dire sans exagération que parmi ces 33,000 signataires se trouvent des représentants de tous les partis politiques, de toutes les écoles philanthropiques ou religieuses. Ce pétitionnement a vraiment déterminé une coalition de consciences.

Ce qui me frappe, surtout, c'est que nous voyons figurer au premier rang parmi les pétitionnaires des hommes qui ont charge d'âmes vis à vis de la jeunesse française. C'est ainsi, par exemple, qu'une des dernières pétitions que nous avons reçues est signée par des maîtres de conférences de notre enseignement supérieur, par des professeurs au Collège de France, à l'École des hautes études, à l'École des Chartes, à la Sorbonne ; l'Institut est aussi représenté dans ses diverses sections.

La dernière pétition qui nous est venue ces jours derniers porte les noms de presque tous les professeurs de la Faculté de droit de Paris, le doyen en tête.

J'ai donc le droit de dire que nous sommes en présence d'un mouvement réel, profond, de l'opinion publique.

Qu'il me soit permis d'ajouter que j'ai pu m'en convaincre par moi-même. Appelé par les initiateurs du pétitionnement qui font partie de la *Ligue pour le relèvement de la moralité publique* à en expliquer l'objet, j'ai donné quelques conférences sur divers points du pays, dans plusieurs grandes villes, à Rouen, à Lyon, au Havre, à Paris et ailleurs, devant des auditoires de toute provenance, dans des salles de théâtre, dans des cercles d'ouvriers. Eh bien, Messieurs, j'ai senti avec bon heur frémir la conscience publique ; j'ai reconnu que si le mal a ses ardeurs malsaines, le bien aussi a sa passion.

Considérons maintenant quel est l'objet précis de la pétition dont il s'agit. Il n'est nullement question de vous demander, Messieurs, une réforme de la législation de la presse, de vous réclamer une loi nouvelle. Si 'elle nous paraissait nécessaire, nous n'hésiterions certes pas à la proposer ; car je ne pense pas que personne invoquât la liberté de la presse à l'occasion de la presse pornographique — le mot est désagréable, mais je ne cherche pas des mots agréables pour des choses aussi hideuses. —

Je ne pense pas que personne voulût couvrir de ce noble pavillon de la liberté de la presse une pareille marchandise, la licence effrénée, surtout dans ce domaine, est ce qu'il y a de plus contraire et de plus mortel à la vraie liberté.

Il n'y a pas un homme politique qui osât invoquer dans un cas pareil la liberté de la presse. Je n'en veux d'autre preuve que les paroles prononcées à la tribune de la Chambre des Députés par un homme que personne n'accusera d'être un rétrograde, M. Georges Périn. Il tenait ce noble langage dans la séance du 28 janvier 1881 :

« Personne dans cette Chambre ne défend la presse porno-
« graphique.

« Personne ne considère comme des articles de journal les
« outrages odieux commis contre les mœurs et contre la morale
« publique.

« Personne ne donne le nom de journalistes aux personnes
« sans aveu qui publient ces ignominies. Nous devons donc
« les 'écarter de la discussion. »

L'honorable M. Floquet, qui a pris une part si considérable à la loi de 1881, tenait un langage empreint de la même énergie et de la même élévation.

J'en conclus que s'il fallait une loi nouvelle sur la presse pour conjurer le désordre que nous combattons, nous la demanderions sans scrupule ; mais nous n'en avons pas besoin.

Les pétitionnaires ne demandent rien de semblable. Pour bien déterminer quel est l'objet qu'ils poursuivent, permettez-moi de vous citer la partie essentielle de leur pétition, qui est très courte.

Voici ce que je lis :

. . . .

(Suit la pétition précitée)

Il est donc bien entendu, Messieurs, que, de l'avis des pétitionnaires, les lois existantes suffisent. Je n'ai, pour vous en convaincre, qu'à vous rappeler quelles sont leurs dispositions principales en ce qui concerne les outrages contre les mœurs commis par la voie de la presse.

Si vraiment elles étaient appliquées, si elles l'étaient sérieusement, nous n'aurions rien de plus à demander.

Vous avez d'abord la loi du 29 juillet 1881. L'article 28 est ainsi conçu :

« L'outrage aux bonnes mœurs commis par l'un des moyens indiqués par l'article 23 sera puni d'un emprisonnement d'un mois à deux ans, et d'une amende de 16 francs à 2,000 francs. »

L'article 23 vise les écrits imprimés, vendus ou distribués, mis en vente et exposés dans les lieux de réunion publique, et les placards ou affiches exposés au regards du public.

Voilà la loi du 29 juillet.

Le législateur ne s'est pas contenté de cette loi-là ; l'expérience montra bientôt qu'elle était insuffisante. Sans doute, tous les genres d'outrages aux mœurs publiques commis par la presse y étaient visés, y compris les livres, quand ils présentaient ce caractère. Mais la loi présentait de graves lacunes. M. le Garde des Sceaux Humbert les signalait avec raison dans son exposé des motifs d'une loi complémentaire qu'il présenta

comme Garde des Sceaux, le 2 mars 1882. Tout en reconnais-
sant que la loi du 29 juillet 1881, en affranchissant la presse,
n'avait pas voulu désarmer la morale publique et avait marqué
la différence profonde qu'il y avait lieu de faire entre les outrages aux mœurs et les délits de presse et de paroles propre-
ment dits, le Ministre déclarait que cette distinction si sage
n'avait pas trouvé place dans les autres parties de la loi.

En effet, pour les poursuites comme pour les pénalités, les
outrages aux mœurs avaient bénéficié des dispositions géné-
rales de la loi sur la presse. La loi de 1881 n'avait soustrait au
jury que les dessins obscènes. On se demande de quel droit elle
semblait conférer aux écrits obscènes le caractère politique
qui seul rend nécessaire la juridiction du jury.

C'est pour cela que le Garde des Sceaux présenta une loi
nouvelle. Elle est devenue la loi du 2 août 1882.

J'en rappelle les articles essentiels, pour que vous puissiez
comprendre son efficacité possible :

« 1° Est puni d'un emprisonnement de un mois à deux ans
et d'une amende de 16 francs à 2,000 francs quiconque aura
commis le délit d'outrage aux bonnes mœurs par la vente,
l'offre, l'exposition, l'affichage ou la distribution gratuite, sur la
voie publique ou dans les lieux publics, d'écrits, d'imprimés
autres que le livre, d'affiches, dessins, gravures, peintures,
emblèmes ou images obscènes. »

« 2° Les complices de ces délits, dans les conditions prévues
par l'article 10 du Code pénal, seront punis de la même peine,
et la poursuite aura lieu devant le tribunal correctionnel conformément au droit commun et suivant les règles édictées par
le Code d'instruction criminelle. »

Ces dispositions sont parfaitement suffisantes ; elles ont été
commentées de la manière la plus éloquente, à la Chambre des
Députés, par l'honorable Garde des Sceaux d'alors.

Le développement qu'ont pris depuis quelque temps les publications obscènes, disait-il dans son exposé des motifs du 2

mars 1882, a soulevé dans le public et la presse une réprobation générale.

Très préoccupé du devoir qui lui incombe en présence de ces atteintes audacieuses à la pudeur publique, le Gouvernement s'est inquiété de cette situation et des moyens de lui porter remède.

M. le rapporteur Ferdinand Dreyfus déclarait que « le législateur ne pouvait se résigner à ce que la femme, l'enfant qui passent dans les rues courent le risque d'avoir l'esprit flétri par les gravures obscènes et la lecture des journaux cyniques. »

C'est par ces motifs que la loi fut votée à la Chambre des Députés par 462 voix contre 47, et au Sénat, sans débat, le 29 juillet 1882, presque à l'unanimité.

Eh bien, Messieurs, ce que demandent les pétitionnaires, c'est purement et simplement une application sérieuse des lois existantes. Veuillez le remarquer, ils visent surtout la loi de 1882 ; aussi s'occupent-ils moins du livre que de la presse courante et à bon marché.

Ainsi se trouve péremptoirement écartée une objection qui a été faite à notre pétitionnement; car ce mouvement d'opinions dont il est l'organe n'a pas pu se produire sans soulever de vives oppositions. Il était de nature à irriter tous ceux dont il menaçait de gâter le joli métier.

Aussi a-t-il promptement soulevé des protestations passionnées, des attaques très violentes.

Les adversaires n'ont rien trouvé de mieux que de dénaturer complètement ce que nous voulions.

Ils ont prétendu que les pétitionnaires réclamaient je ne sais quel puritanisme d'État, cherchant à instituer un régime disciplinaire contre la littérature d'imagination pour en prévenir et en surveiller les écarts.

Rien n'est plus faux, Messieurs, au contraire, nous repoussé rions de toute notre énergie un pareil régime disciplinaire appliqué à la littérature d'imagination. C'en serait fait, alors, du grand art, de sa liberté, de sa spontanéité.

Messieurs, pour appliquer un pareil régime, il faudrait revenir à un Gouvernement autoritaire et paternel, prétendant conduire son peuple dans la voie du bien, comme à la lisière.

Nous ne voulons rien de pareil, ai-je besoin de le dire ? Si un État quelconque se constituait le gardien de la moralité publique, on aurait bien souvent le droit de répéter l'adage : *Quis custodiet custodes ?* Qui est-ce qui gardera les gardiens ?

Nous ne pouvons pas nous fier au discernement de l'État et lui confier la charge des âmes ; ce serait le plus sûr moyen de porter atteinte à la liberté de l'esprit humain ainsi qu'au grand art, et, ce qui est pis encore, ce serait mettre en péril et supprimer réellement la liberté morale.

En agissant ainsi, sous prétexte d'empêcher le mal, nous détruirions les conditions morales du bien qui doit être un acte de libre volonté, car il serait compromis dans son essence dès qu'il serait contraint et forcé.

Nous protestons contre toute tentative de ce genre, et nous déclarons que l'État ne peut pas plus décréter la chasteté que la victoire.

Ainsi donc, tous les malentendus sont bien dissipés.

Ce n'est pas que je pense que les livres doivent rester absolument en dehors de la répression légale.

Il en est qui doivent tomber sous le coup de la loi de 1881, parce qu'ils sont de véritables outrages aux mœurs publiques. L'État, qui a pour mission essentielle non pas de représenter la société dans tous ses éléments, mais d'être le gardien de la liberté, est tenu, au nom de cette grande mission, d'arrêter la liberté individuelle au point précis où elle commence à porter atteinte soit au droit, soit aux mœurs publiques. Il s'ensuit que, quand le livre les outrage directement, il doit tomber sous le coup d'une juste répression.

Quant à la littérature d'imagination prise dans son ensemble, elle ressort d'un autre tribunal que celui de cette répression légale ; c'est à l'opinion publique à flétrir ses écarts.

Gardons-nous, en ce qui la concerne, des exagérations comme des illusions. Je reconnais avec bonheur que l'esprit français est resté digne de lui-même dans tous les domaines de la haute culture.

Il a pris de nos jours le plus magnifique essor dans l'ordre scientifique, il a vraiment renouvelé l'histoire, et nous avons encore de grands poètes, d'illustres romanciers qui sont restés fidèles à l'idéal le plus élevé et le plus pur.

Et cependant nous ne pouvons pas nier qu'il n'y ait depuis quelques années un fléchissement du niveau moral dans la littérature d'imagination. On supporte actuellement ce qu'on n'aurait pas supporté il y a quelques années. Cela ne peut malheureusement pas être nié. Je ne parle pas seulement de ces manifestations extrêmes de cette école naturaliste qui, sous prétexte de nous rendre la réalité et de nous représenter la vraie nature humaine, retranchent de l'homme tout ce qu'il y a de vraiment humain, tout ce qu'il y a de supérieur et de divin, pour ne s'attacher qu'à ses côtés inférieurs, en le réduisant à l'animalité.

Ce genre de littérature s'est tellement avili dans ses dernières productions, qu'elle tombe vraiment sous le dégoût public.

Sans descendre aussi bas, nous devons reconnaître que la littérature d'imagination a bien fléchi moralement ces dernières années, et que nous trouvons trop souvent, sous la plume délicate ou brillante d'écrivains de talent, des analyses et des descriptions morbides.

C'est à l'opinion publique à réagir énergiquement contre ces funestes entraînements, d'autant plus qu'il y a une correspondance fatale entre la déchéance de la littérature d'imagination et les écarts grossiers de la presse courante. Celle-ci n'en diffère que par le cynisme, qui, en faisant disparaître les formes élégantes du style, ne laisse que l'obscénité flagrante. Voilà pourquoi nous ne saurions assez flétrir l'immoralité qui se déguise sous de brillants dehors.

Il y a donc corrélation entre la mauvaise littérature d'imagination et ce que la presse courante peut avoir de plus détestable. Et d'ailleurs, ne voyons-nous pas les pires produits de cette littérature se débiter en détail sous la forme de feuilleton dans les journaux de bas étage.

Venons-en, Messieurs, aux journaux pornographiques que vise avant tout notre pétitionnement.

Oserait-on soutenir que nous nous attaquons à un mal imaginaire? Dans quelle Thébaïde, dans quelle retraite faudrait-il vivre pour ne pas se douter de la gravité du mal que nous voulons refouler et pour ne pas voir monter ce flot fangeux?

Oh! je le sais, ce sont les meilleurs qui sont les moins bien informés, parce qu'ils repoussent avec dégoût ces productions abominables. Mais enfin, ils sortent bien de leurs maisons ; ils traversent bien nos rues et nos boulevards ; ils entendent bien les crieurs de nos carrefours qui cherchent à achalander cette abominable littérature courante, et leurs yeux ne peuvent pas échapper à des gravures obscènes partout étalées ! Non, non, Messieurs, nous ne nous abusons pas ; je n'en veux d'autre preuve que les plaintes récentes de la presse sérieuse appartenant à tous les partis.

Voici ce que je lis dans le *Journal des Débats*, du 31 mai dernier :

« Depuis quelque temps le fléau a redoublé d'intensité. Les boulevards et les principales rues des quartiers du centre sont envahis par des bandes de vendeurs ambulants qui annoncent à grands cris les titres et les sous-titres d'ouvrages des plus affriolants. Aujourd'hui, ces auteurs classiques paraissent un peu délaissés au profit d'une publication nouvelle intitulée *L'Amour dans tous les pays*, dont les images, mises avec ostention sous les yeux des passants et surtout des femmes, permettent d'apprécier la haute moralité. Nous sommes désolés d'avoir à revenir si souvent sur ce sujet ; mais, sans pousser le rigorisme à l'excès, il est bien permis de penser que l'autorité en prend beaucoup trop à son aise à l'égard de cette littérature spéciale.

« Nous savons fort bien que de tous temps on a imprimé et publié des choses au moins aussi outrageantes que celles qui s'étalent partout sous nos yeux.

« La génération qui précède celle qui grandit aujourd'hui n'a pas attendu sa sortie du collége pour lire Boccace et Piron, dont les exemplaires, soigneusement cachés au fond des pupitres, circulaient mystérieusement sous les bancs. Mais ce qui nous étonne, ce qui indigne tous les honnêtes gens, c'est cette invasion de l'obscène à laquelle personne ne peut se soustraire.

« Ce qui est vraiment intolérable, c'est de voir les abords des lycées encombrés par des vendeurs qui se font un délicat plaisir de mettre sous le nez des jeunes gens et des jeunes filles des images ordurières et des publications dont le titre seul est un outrage à la morale. Les étrangers témoins de cette licence sont assez portés à juger de nos mœurs d'après la littérature qui inonde nos rues, et il faut avouer qu'ils n'ont pas toujours tort. Nous ne cesserons de réclamer l'assainissement de la rue tant que satisfaction ne sera pas donnée à la conscience publique. »

Voici ce que je lis dans le journal *Le Soleil*, du 3 juin dernier :

« Vous, Madame, vous traversez le boulevard, votre fille au bras, convaincue d'habiter une ville civilisée, propre et qui doit assurer le respect des citoyens. Quelle erreur !

« Un individu quelconque, avec une demi-centaine de brochures dans la main, vous poursuit en vous proposant pour dix centimes un livre immonde.

« L'assainissement est urgent, et combien Paris, le vrai Paris, en aurait de gratitude à qui serait assez courageux et assez armé pour réduire à néant toute cette sanie ! »

Je pourrais recueillir des témoignages semblables dans *Le Temps* comme dans *La République Française*. Je sais bien que, pour nous consoler de ce triste état de choses, on nous rappelle qu'à la fin du dernier siècle on voyait se multiplier des productions aussi abominables. J'en conviens, mais elles circulaient dans un cercle restreint ; aujourd'hui, nous avons une sorte de démocratisation du mal. On dirait que la vapeur s'est mise à cette publicité malsaine, de telle sorte qu'elle se répand partout avec une rapidité croissante.

Ces produits ne se débitent plus clandestinement dans les ruelles et les salons comme il y a un siècle ; ils courent nos rues et gagnent nos campagnes.

Ce qu'il y a de plus détestable encore que ces écrits infâmes, c'est un certain journalisme qui est devenu une organisation systématique d'excitation à la débauche.

Je ne parle pas des journaux bien connus, remontant à une date déjà ancienne, qui, plus préoccupés de nous amuser que de nous édifier, se bornent à nous donner la chronique de la vie mondaine. Ceux-là sont restés dans les bornes des convenances. On ne peut nier qu'ils ont vu se développer à côté d'eux un certain journalisme qui ne vise qu'à une chose : à s'achalander lui-même, en faisant appel aux plus basses passions, en agitant en quelque sorte la fange du cœur humain par les descriptions les plus provocantes savamment graduées. Et quelquefois le talent s'en mêle. Mais quel talent, Messieurs, que celui qui s'exerce sur de tels sujets ! Je le couvre d'un double mépris.

Ce sont ces journaux qui sont offerts à nos jeunes gens, à nos fils, à la porte du lycée, comme aux jeunes filles sortant de l'atelier !

Et ne croyez pas que leurs fournisseurs habituels éprouvent quelque scrupule ou quelque honte ! Je lisais dernièrement, Messieurs, dans un de ces journaux — et je ne puis passer sous silence ce trait caractéristique, — je lisais, dis-je, un article

dans lequel un des collaborateurs de cette feuille se félicitait
hautement de ce que des jeunes filles lisaient à la dérobée ces
infamies.

Il tirait gloire, pour employer son langage, de ce qu'Agnès
en rougissant les cachait sous l'oreiller.

Quand j'ai lu cette déclaration inqualifiable, un grand sou-
venir s'est présenté à mon esprit, et vous me permettrez bien
de vous le rappeler, car il fait honneur à celui qui a été notre
plus illustre collègue, au grand poète dont la voix nous arrive
aujourd'hui comme d'outre-tombe.

Dans un de ces premiers recueils, Victor Hugo nous fait
assister à tout un drame moral dans une pauvre mansarde :

Posée au bord du toit comme un oiseau joyeux, il nous montre une jeune fille chaste et pure travaillant de ses mains pour
gagner son pain :

> L'aile du papillon a toute sa poussière,
> L'âme de l'humble vierge a toute sa lumière,
> ....
> Cette vierge accomplit sa tâche auguste et sainte,
> ... .
> Nul danger ! nul écueil ! Si ! l'aspic est dans l'herbe,
> ....
> Plein de ces chants honteux, dégoût de la mémoire,
> Un vieux livre est là-haut, sur une vieille armoire.
> ....
> Frêle barque assoupie à quelques pas d'un gouffre !
> ....
> Oh ! tremble ! Ce faux sage a perdu bien des anges !
> ....
> Hélas ! si ta main chaste ouvrait ce livre infâme,
> Tu sentirais soudain Dieu mourir en ton âme.
> ....
> Et ton esprit tombé dans l'océan des rêves,
> Irait, déraciné comme l'herbe des grèves,
> Du plaisir à l'opprobre et du flux au reflux !

Eh bien! ce vieux livre, on ne l'a pas laissé au fond de la mansarde, dans la poussière d'une armoire ; on l'en a tiré, on en a fait des éditions à bon marché, des éditions illustrées.

Et ce n'est pas tout. On a trouvé le moyen de surpasser ce vieux livre, « dégoût de la mémoire » : le journalisme pornographique s'est ingénié à raffiner la littérature corruptrice, sûr moyen de préparer les chutes les plus lamentables. Il souffle ainsi sur toute notre jeunesse un vent de mauvaise passion la conduisant sûrement à la débauche comme un troupeau à l'abattoir.

Eh bien, je n'en prends pas mon parti; les pétitionnaires ne le prennent pas davantage, et vous ne vous y résignerez pas, Messieurs.

Peu importe qu'on nous accuse d'un puritanisme ridicule ! Peu importent les injures qui nous attendent ! Nous en avons déjà eu l'avant-goût ; car on ne touche pas à de pareilles questions, disons mieux, à un si lucratif métier, sans soulever bien des colères inspirées par la cupidité. Mais ces injures-là, je les savoure d'avance. S'il y a quelque chose qui vaille les marques de sympathie venues de haut, ce sont les injures venues de si bas !

Vous ne vous résignerez pas à un pareil désordre ; vous comprendrez que les pouvoirs publics ont des devoirs sérieux à remplir à cet égard. Ils sont d'autant plus impérieux, que la République a décrété — et je l'en félicite de tout mon cœur — l'instruction obligatoire. C'est une de ses grandes œuvres, de ses grandes conquêtes. Mais cette instruction obligatoire impose une grave responsabilité aux pouvoirs publics. Bientôt il n'y aura pas un adolescent qui ne sache lire.

Vous ne pourrez lâcher la bride à la presse corruptrice sans qu'elle n'empoisonne toutes nos jeunes générations. Raison de plus pour que les pouvoirs publics, dans la mesure de leur compétence, en empêchent le débordement, conformément aux lois.

L'impunité tolérée en face de pareils désordres deviendrait de la complicité.

Veuillez remarquer, Messieurs, que l'honneur du pays devant le monde moderne est engagé dans cette grave question. Ne craignez pas que je sois disposé à humilier la France devant l'étranger.

Elle a toujours conservé une générosité inaliénable ; ce n'est pas elle qui écrasera jamais sous un despotisme tracassier et implacable de malheureuses populations victimes de la conquête.

J'ajoute qu'il y a beaucoup d'hypocrisie dans l'indignation bruyante que manifestent certains de nos voisins à notre égard. L'excessive tolérance qui a régné chez nous a permis au mal de se manifester sans empêchement et d'arriver en pleine lumière. Ailleurs, il est aussi réel en se cachant mieux. On ne saurait nier que la famille française, quand elle est dans sa condition normale, se fait remarquer par sa tendresse et son intimité. Ceux qui se plaignent de l'immoralité de nos grandes villes devraient se rappeler quelle place y occupe la grande bohème européenne qui nous vient de toutes les contrées du monde.

Constatons, enfin, que ce qu'il y a de pire dans notre presse corruptrice trouve un large débit hors de nos frontières.

Ce n'est pourtant pas une raison pour nous faire les fournisseurs de cette détestable marchandise.

Il y a là, je le répète, un grand devoir à remplir pour les pouvoirs publics, pour l'honneur du pays.

Mais, Messieurs, et c'est par là que je termine, ce qui me préoccupe avant toute chose, c'est notre jeunesse française, cette jeunesse qui est toute notre espérance, que nous aimons avec une tendre sollicitude. Il faut la préserver à tous égards.

Je dis « à tous égards » ; je toucherai à un côté le plus délicat de ce grave sujet, avec toute la réserve qu'il comporte ; mais, enfin, vous n'êtes pas sans avoir lu les rapports effrayants

qui ont été présentés récemment à l'Académie de médecine.
On y dénonçait avec une grande énergie les périls que font
courir, en ne s'en tenant qu'au point de vue sanitaire, non
seulement à notre jeunesse, mais encore aux adolescents qui
se pressent dans nos lycées, les provocations directes à la débauche que favorisent des établissements interlopes de toute
nature. Ces provocations trouvent leur meilleur appui dans la
presse que nous avons flétrie.

Pensons avant tout, Messieurs, à l'âme de la jeunesse française.

N'est-il pas vrai que nous avons été remplis de fierté, lorsque,
il y a quelques semaines, nous avons vu cette jeunesse, re-
nouant ses plus nobles traditions, se soulever dans une indignation généreuse devant la simple menace du plus équivoque
et du plus misérable sous-césarisme qu'on puisse imaginer.

Oui, vous avez été remplis d'une joie noble et fière à ce spectacle. Eh bien! pensons aux générations qui suivront cette
noble jeunesse ; faisons tout pour empêcher leur déchéance.

Vous avez vu que les pétitionnaires ont fait vibrer cette corde
avec une grande élévation, en nous rappelant avec une haute
raison que rien comme la débauche ne prépare à la servitude.

C'est dans ses marécages que les césarismes d'aventure peuvent se développer le mieux, comme des plantes vénéneuses.

De toutes ces considérations il résulte, Messieurs, que tout ce
que nous pouvons faire pour conjurer le mal, nous devons le
faire.

Voilà pourquoi, en concluant, au nom de l'unanimité de deux
de nos Commissions de pétitions, nous demandons au Gouvernement de prendre les mesures nécessaires à cet effet.

Je prie M. le Ministre de la Justice de croire qu'il n'y a, pour
lui, aucun blâme dans mes paroles. M. le Garde des Sceaux est
entré trop récemment à la chancellerie pour que j'aie le droit de
lui adresser aucune espèce de reproche.

Je ne le fais pas davantage pour ses devanciers ; je me conente de lui recommander de la manière la plus expresse de provoquer toute la répression de la presse pornographique sans dépasser les limites de compétence de l'État ; je lui demande de prendre à cœur ce mouvement d'opinion, dont nos pétitions sont le signe irrécusable. Il faut bien qu'on sache que, bien loin de s'arrêter, il ne fera que grandir tant que le scandale subsistera.

Il est d'autant plus nécessaire qu'il se maintienne et s'accroisse, que nous savons très bien que les répressions légales sont insuffisantes. Il faut donc que l'opinion se prononce toujours davantage dans son indignation et son énergie. Il faut que le mouvement se généralise et que les femmes y prennent leur part.

Qui est plus intéressé que la mère de famille à la santé morale de la jeunesse ?

Nous n'épargnerons rien, mes amis et moi, pour stimuler ce mouvement, et nous y emploierons tout ce qui nous reste de force et d'ardeur.

Il n'en demeure pas moins que le Gouvernement est tenu de remplir à cet égard tous ses devoirs. Il n'a aucune espèce de motifs pour ne pas appliquer les lois qui sont à sa disposition.

J'entendais dire un jour à un magistrat très distingué que si, parfois, la magistrature hésitait à pratiquer des poursuites, c'est pour avoir constaté que les jurys se montrent d'une indulgence excessive.

A mon sens, ce ne serait pas une raison pour les pouvoirs publics, parce que d'autres manquent à leurs devoirs, de se dispenser de remplir le leur. Mais cette excuse n'est plus admissible avec la loi du 2 août 1882.

Avec elle vous n'avez pas le jury devant vous ; vous avez la police correctionnelle, qui est là bien à sa place en face d'une matérialité de délit si flagrante.

Nous reconnaissons qu'il y a eu quelques poursuites, mais

bien insuffisantes en face du débordement d'infamies auquel je me suis attaqué.

Nous vous demandons très simplement, mais très énergiquement, de faire votre devoir. Nous vous le demandons pour le salut de notre jeunesse, pour l'honneur du pays et pour ne pas manquer à vos premières responsabilités.

Je suis convaincu, Messieurs, que le Sénat, dans son unanimité, voudra bien renvoyer les pétitions dont il s'agit à M. le Garde des Sceaux.

(L'orateur retournant à son banc reçoit les félicitations d'un grand nombre de ses collègues).

DISCOURS DE M. FERROUILLAT

Garde des Sceaux, Ministre de la Justice.

Messieurs, je ne veux pas attendre le vote du Sénat pour m'associer de cœur et d'âme aux protestations éloquentes qui viennent d'être apportées à la tribune contre les scandaleuses publications qui semblent être comme une écume malsaine de mœurs peut-être trop raffinées.

Peut-il y avoir ici, Messieurs, deux opinions à cet égard? Y a-t-il un honnête homme qui puisse ne pas s'indigner de ces odieuses spéculations dont l'enjeu est la pudeur de nos femmes, la pureté de nos enfants, de la jeunesse française tout entière.

Si ces sentiments sont les miens, et je pense que le Sénat m'a fait l'honneur de ne jamais en douter, je puis ajouter qu'ils ont été assurément ceux de mes honorables prédécesseurs.

Comment se fait-il alors, que nous soyons en face d'un mal qui persiste? Je ne veux pas dire qu'il s'aggrave; je crois qu'à cet égard notre honorable collègue exagère.

Il y a certaines exhibitions dont le nombre paraît avoir diminué, mais enfin le mal persiste. Après ce que je viens de dire, ce n'est pas dans l'indifférence ou même dans la tiédeur des hommes qui se sont succédé au Ministère de la Justice qu'on doit en chercher la cause.

On l'a attribuée plus justement aux lacunes de la loi de 1881, en ce qui concerne la saisie préventive et la juridiction du jury. Ici encore j'ai une réserve à faire à l'honneur du jury : Il ne faut pas croire qu'il ait manqué de sévérité, qu'il ait eu trop d'indulgence pour ces sortes de délits ; non, le jury a été aussi sévère qu'a pu l'être la juridiction correctionnelle ; mais la difficulté de mettre en mouvement cette grande juridiction, et aussi les lenteurs de procédure qui lui sont propres, avaient énervé la répression.

Il y avait d'ailleurs certaines omissions, certaines lacunes de la loi de 1881 qui permettaient au vice de passer à travers les mailles du filet.

C'est notre éminent collègue, M. Humbert, qui a eu l'honneur de présenter et de faire voter la loi qui a complété celle de 1881 et fortifié la répression en livrant les imprimés autres que le livre et les dessins ou images obscènes à la police correctionnelle. Cependant le mal a continué. Pourquoi cela ? Est-ce que l'action publique a fait défaut ? Est-ce que les magistrats ne se sont pas servis de la loi ? Vous allez voir, Messieurs, qu'il n'en est rien.

Voici une statistique qui a été dressée depuis la loi du 3 août 1882. En 1882, il y a eu trente-cinq ponrsuites ; en 1883, il y en a eu trente-une ; en 1884, quarante-huit ; en 1885, trente-cinq ; en 1886, cinquante. Je n'ai pas encore la statistique de 1887. Direz-vous qu'on aurait pu multiplier davantage les poursuites ?

Je puis assurer au Sénat que le parquet est résolu à agir toutes les fois que ces exhibitions révoltantes lui sont signalées et qu'il pense pouvoir obtenir des condamnations.

Mais ne croyez pas, Messieurs, que ces poursuites soient aussi simples qu'on le suppose et qu'il soit si aisé d'obtenir toujours, lorsqu'on poursuit, la sanction judiciaire.

La poursuite rencontre, en pareille matière, deux difficultés :

La première, c'est qu'il s'agit d'une loi pénale. Or, vous le
savez, les pénalités sont de droit étroit, et il faut que le fait
incriminé rentre exactement dans les termes de la loi pour
qu'il puisse être frappé.

Or, qu'est-ce que punit la loi de 1882 ? Elle punit seulement
l'obscénité.

Eh bien ! quand y a-t-il obscénité ? C'est là une question
plus délicate qu'on ne paraît le croire. Il y a quelquefois des
images, des dessins, des écrits, qui sont grossiers, qui sont ré-
pugnants, qui sont même licencieux, mais qui, dans les termes
de la loi, ne sont pas obscènes.

Voici, par exemple, ce que je lis dans un jugement du Tribunal correctionnel de la Seine, du 11 juin 1884 :

« L'obscénité existe là où, quels que soient le genre et la di-
versité des écoles, l'art n'intervient pas pour relever l'idéal ;
où l'appel aux instincts, aux appétits grossiers n'est contrarié,
vaincu, par aucun sentiment plus puissant. »

Voici un passage extrait d'un livre qui jouit d'une grande
autorité ; c'est le *Code de la Presse*, de M. Barbier :

« Il faut évidemment distinguer le licencieux de l'obscène.

« L'obscénité est seule punie par la loi... Entre le licencieux et l'obscène, la différence se sent mieux qu'elle ne s'ex-
plique. »

Il faut donc reconnaître qu'il y a en ces matières une part
assez large faite à l'arbitraire du juge.

Si le respect de la tribune ne nous commandait une grande
réserve, si je pouvais apporter ici certaines révélations, je
vous montrerais comment des poursuites qui paraissaient des
mieux fondées n'en sont pas moins venues échouer devant une
ordonnance de non-lieu.

Cela suffit peut-être pour expliquer un fait que je tiens à
vous souligner, dans la statistique que je vous ai lue tout à

l'heure. En 1885, il y a eu trente-cinq poursuites qui comprenaient, il est vrai, cinquante-cinq prévenus. Eh bien! il y a eu neuf acquittements. Cela nous montre combien ces questions sont délicates, et cela m'amène à la dernière observation que je veuille faire sur ce point : c'est que si la loi a été améliorée, les artisans du vice ont aussi beaucoup perfectionné leur odieuse industrie : la pornographie est devenue une sorte de protée qui revêt les formes les plus diverses pour échapper aux étreintes de la loi ; elle s'applique avec une ingéniosité inépuisable à mêler une certaine dose d'art ou de politique à ses odieuses inventions. Ses adeptes parviennent ainsi — et c'est le secret des ordonnances de non-lieu dont je parlais tout à l'heure — à faire planer une sorte de doute sur l'intention criminelle ; ils font hésiter la conscience du juge et obtiennent plus d'une fois, par ce moyen, des ordonnances de non-lieu.

Je n'entends pas justifier ces hésitations, Messieurs ; vous avez même pu remarquer que j'ai éprouvé quelque étonnement en face de ces ordonnances de non-lieu auxquelles je faisais allusion ; mais la réserve qui m'est imposée à cette tribune ne me permet pas de vous apporter des détails qui vous frapperaient tout aussi bien qu'ils m'ont frappé moi-même. Je me suis borné à vous indiquer les raisons qui, si on les analyse, expliquent tout au moins les difficultés des poursuites et comment les parquets, quand ils craignent de n'aboutir qu'à une ordonnance de non-lieu, ce qui est une chose déplorable en pareil cas, peuvent hésiter quelquefois à engager des poursuites.

Encore une fois, Messieurs, ce sont des indications que je vous donne, ce ne sont pas des justifications que je vous apporte. Au contraire, en ce qui me concerne, je puis donner au Sénat l'assurance que, tant que j'aurai l'honneur d'avoir mission de veiller à l'application des lois, le parquet ne mollira pas et que son action sera vigilante et ferme.

Mais, Messieurs, laissez-moi ajouter que, quelle que soit la répression, elle ne suffira pas pour arrêter le mal, et que nous n'aurons fait qu'une œuvre incomplète, si nous ne parvenons à réformer nos mœurs, si nous répondons à des provocations révoltantes au vice par des curiosités malsaines.... et si nous n'organisons contre de pareilles œuvres la police et la juridiction du mépris.

Cela dit, Messieurs, je suis le premier à appeler énergiquement le renvoi au Ministre de la Justice des pétitions qui viennent d'être rapportées, et je demande au Sénat de le voter à l'unanimité, afin de me donner plus de force encore pour arrêter enfin cette œuvre de corruption.

RÉPLIQUE DE M. LE SÉNATEUR DE PRESSENSÉ

Messieurs, je n'ai que quelques mots à dire. Je remercie M. le Ministre de ses dernières paroles par lesquelles il a demandé au Sénat de lui renvoyer, à l'unanimité, les pétitions dont il s'agit.

J'avoue qu'après avoir entendu les détails qu'il nous a donnés, non pas sur sa propre administration, mais sur ce qui s'est passé dans les divers parquets de France, je trouve qu'il est encore plus nécessaire de voter à l'unanimité ce renvoi.

Je ne suis pas grand juriste, mais il m'est impossible de comprendre comment on peut trouver la moindre trace d'art ou de politique dans l'abominable journalisme dont je parlais il y a un moment.

Il est de telle nature, que je ne pourrais pas vous apporter des preuves de son infamie, sans commettre ici un outrage aux mœurs publiques. Je vous ai dit ce qu'il est en réalité. J'ajoute que la police de la rue non plus ne se fait pas suffisamment.

Je souhaiterais vivement qu'à ce point de vue le vote que le Sénat va rendre eût, pour ainsi dire, son contre-coup au Ministère de l'Intérieur. Le spectacle de ce qui se passe dans nos rues

n'est-il pas, en effet, déplorable ? N'est-il pas dénoncé par toutes les personnes honnêtes ?

On peut être assuré que la ligue des honnêtes gens ne s'arrê-
tera pas dans ses protestations sans avant avoir obtenu satisfaction; et s'il se produit encore des ordonnances de non-lieu pour
renvoyer indemnes les gens que vous savez, qu'on y prenne
garde ; l'opinion se passionnera dans son indignation, et elle
fera bien !

DISCOURS DE M. LE SÉNATEUR BÉRENGER

Messieurs, je voudrais joindre mes remerciements à ceux
que l'honorable M. de Pressensé vient d'adresser à M. le Garde
des Sceaux.

On ne peut pas, en effet, ne pas approuver les détermina-
tions qu'il nous a annoncées ; mais je me permettrai, en même
temps, d'y faire quelques réserves. Elles me sont inspirées
par les justifications que M. le Garde des Sceaux m'a paru vouloir faire entendre en ce qui touche l'action très molle, à mon
sens, de la justice, au moins jusqu'à présent, sur la matière
dont nous nous occupons.

Je ne puis pas admettre, pour moi, que des théories semblables à celle qui a pris place dans le jugement fort étrange dont
on nous a lu quelques motifs, puissent tenir la loi votée en
1881 en échec.

Si cette théorie avait franchi tous les degrés de la juridiction
et que ce fût dans un arrêt de la Cour suprême qu'elle se ren-
contrât, je pourrais m'incliner tout en conservant mon sentiment personnel ; mais, tant qu'elle ne traduit que l'appréciation d'un juge de premier degré, j'ai le droit de dire qu'elle ne
devrait pas servir de règle aux poursuites et qu'il était du
devoir du parquet de la déférer à la juridiction d'appel, et même,
si satisfaction n'était pas donnée en appel, à l'interprétation de

la loi dans l'esprit où nous l'avons votée, d'aller jusque devant la Cour suprême.

Ce qui ne me paraît pas avoir été fait, je viens demander à M. le Garde des Sceaux de le faire, le cas échéant, avec l'énergie que comporte ce sujet.

Les bonnes paroles, Messieurs, nous en avons entendu beaucoup en ces matières. En 1881, quand on introduisit dans la loi que vous avez faite alors sur la liberté de la presse une disposition qui punissait l'outrage aux bonnes mœurs, mais en le déférant, sauf pour ce qui concernait les dessins obscènes, au jury, le Gouvernement d'alors fit entendre de très fermes paroles et manifesta les plus excellentes résolutions.

Quel fut cependant l'effet de la loi?

Dans l'année entière qui suivit le vote de la loi, il y eut en tout six poursuites. L'année suivante, un nouveau Garde des Sceaux, notre honorable et respecté collègue M. Humbert, s'indigna de l'inefficacité des moyens mis entre les mains de la justice ; il réclama une loi spéciale où le délit était mieux précisé et qui rendait possible, par la substitution de la juridiction correctionnelle à la Cour d'assises, d'intervenir non pas plus efficacement, car les jurés sont très sévères en ces sortes de matières, mais plus promptement afin que l'exemple fût plus efficace.

Eh bien ! Messieurs, il y a eu sans doute des poursuites ; mais M. le Garde des Sceaux vous en indiquait le nombre tout à l'heure : ce qui peut étonner, c'est qu'il n'y en ait pas eu davantage.

Comment ! il s'agit d'un délit qui se rencontre à toute heure ; qui, pour peu qu'on soit sur la voie publique, vous assaille de tous côtés, et le nombre des poursuites n'a été que de trente-cinq, ou de quarante huit pour prendre l'année où l'action judiciaire paraît s'être le plus fait sentir !

N'est-ce pas, en présence de délits aussi nombreux, une quasi-abstention ?

A l'heure actuelle, il nous faut des actes. Nous demandons plus de sévérité dans l'appréciation des faits et plus de vigilance dans leur constatation.

Il faut, dis-je d'abord, une action plus ferme de la justice, une direction supérieure donnée aux poursuites avec une persistance qui n'ait pas de relâche. Il faut à cet égard que des instructions précises et rendues publiques fassent connaître aux parquets et aussi au public qui commence à se lasser des scandales auxquels il assiste, que la police, désormais, ne considèrera plus la loi de 1882 comme une lettre morte ou simplement comme une loi difficile à appliquer.

Mais il faut autre chose encore. Il faut en outre, et peut-être surtout, une action énergique de votre collègue de l'Intérieur, de M. le Garde des Sceaux et de la police dont il dispose. J'aurais vivement désiré qu'il fût présent à cette séance pour lui dire que c'est surtout l'affaire de la police de nous délivrer des scandales sans nom qui déshonorent la voie publique.

Que de choses n'aurais-je pas eu à lui signaler à ce point de vue !

Il suffit vraiment de jeter les regards autour de soi. Que l'immoralité se cache derrière les portes verrouillées, ou seulement loin des regards du public, soit ! mais son débordement sur la voie publique n'est pas tolérable.

Or, vous paraîtrai-je exagéré en disant qu'il n'est plus possible de passer dans certains quartiers sans être exposé à avoir les oreilles et les yeux offensés ?

On vous a parlé tout à l'heure de ce qui s'entend, de ces offres adressées cyniquement au public, de ces titres de livres et d'articles qui sont par eux-mêmes des outrages à la morale. On a moins insisté sur ce qui frappe les yeux.

Mais, Messieurs, est-il possible, à l'heure actuelle, qu'une femme honnête passe devant un marchand d'estampes sans être obligée de détourner les yeux?

N'avez-vous pas à gémir sans cesse de voir des écoliers, des enfants mêmes, se rassembler devant des vitrines où on a réuni à dessein tout ce qu'il y a de plus capable de surexciter les sens, de provoquer les pensées de débauche ?

Avez-vous des doutes sur les observations qui s'échangent, sur les conversations qui se tiennent en présence de ces images, et sur les appétits qui peuvent ainsi être éveillés ?

Je sais bien que la question est délicate, et qu'on ne peut tout interdire. Ce que M. le Garde des Sceaux vous disait tout à l'heure d'une manière peut-être un peu trop générale est vrai pour ce qui touche le dessin et les gravures. Il y a parfois une question d'art qui peut embarrasser.

Je le sais, et je ne veux pas le méconnaître. Aussi veux-je m'approprier la juste observation déjà faite au nom de la liberté par notre honorable collègue M. de Pressensé. Il ne s'agit pas de proscrire les productions du grand art antique ni même moderne, bien qu'il puisse y avoir entre les époques une certaine différence. Non, assurément. Que ce qui représente les types achevés de l'art continue à être exposé impunément aux yeux du public : je fais cette concession sans grande inquiétude ; car le grand art, l'art véritable, a sa dignité, c'est-à-dire sa chasteté.

Mais, Messieurs, ce n'est pas les quelques productions du grand art qui s'exposent avec le plus de complaisance dans les vitrines dont je parlais. Non, on va chercher dans les photographies tirées des tableaux admis ou refusés de nos salons de peinture les nudités les plus lascives.

Ai-je tort, Messieurs, et faut-il préciser ? N'avez-vous pas vu récemment, dans un de nos plus beaux quartiers, la reproduction d'un certain tableau refusé au Salon de peinture à raison de l'obscénité de la scène qu'il représentait ?

On cherche, par l'accumulation aussi bien que par la hardiesse des sujets, à provoquer une curiosité dont le danger pour la jeunesse frappe tous les yeux. Ce n'est point l'art, assurément, qui est le but réel de cette exhibition, mais bien la spéculation honteuse que l'honorable M. de Pressensé a si justement flétrie.

Eh bien! n'est-ce pas à la police plutôt qu'à la justice de nous délivrer de ces choses-là? Ne doit-elle pas, par des instructions données et rendues également publiques, traduire le sentiment général et faire comprendre que le temps des tolérances complaisantes est passé et que désormais le respect de la femme honnête et de la jeunesse inspirera plus de vigilance et de sévérité?

La police a mille moyens. Tout ce qui a boutique dépend plus ou moins d'elle. D'ailleurs, si elle ne peut pas toujours parler au nom de la loi, elle le peut au nom de la morale publique qu'elle doit protéger au moins dans la rue.

Mais il y a bien autre chose. Et s'il m'était permis de parler à mots moins couverts que mon honorable collègue, sans perdre le respect de certains des auditeurs qui peuvent recueillir mes paroles, que n'aurais-je point à vous dire, non plus de ce qui se passe sur la voie publique, mais de ce qui se passe dans certains établissements publics?

Ai-je besoin de préciser davantage, et chacun de vous n'at-il pas compris que je veux parler de ces brasseries où le vice s'étale, où le service est confié, pour mieux attirer la jeunesse, à un personnel féminin auquel on ne demande qu'une chose: la jeunesse et la figure?

Quant aux références de moralité, non, non, elles pourraient plutôt nuire; c'est au contraire qu'on s'adresserait de préférence. Ce sont de véritables maisons d'excitation à la débauche. Ce qui se passe là est-il un mystère pour aucun d'entre vous? N'apprenons-nous pas de temps à autre, par le retentissement de quelque drame sanglant ou de quelque épisode honteux, quels sont les actes que ces provocations font naître?

Et où donc les voit-on principalement ces établissements, s'établir et prospérer? N'est-ce point dans le quartier même des écoles, auprès de la jeunesse toujours portée au plaisir et à la dépense, qu'il s'agit de séduire et d'entraîner ?

C'est ainsi que la spéculation la plus honteuse se cache sous l'action la plus malhonnête. Je demande à la police de reprendre l'action dont elle ne doit pas se départir contre ces établissements.

Ce n'est plus ici affaire de justice ; on se heurterait à la liberté. Mais tous les établissements semblables relèvent par certains côtés de l'Administration.

Qu'elle use sur eux de son pouvoir !

C'est une question de salubrité morale, si vous me permettez de me servir de ce mot, qui, s'agissant de la police des lieux publics, relève d'elle autant que la question de la salubrité publique. Ses avertissements, ses injonctions, au besoin, produiraient assurément un bien salutaire. Je les réclame avec instance.

Je m'arrête, Messieurs. Peut-être ai-je eu tort de prendre la parole après les si remarquables et si brillants développements présentés par l'honorable M. de Pressensé au risque de les affaiblir ; mais il m'a semblé que je compléterais sa pensée en ajoutant aux conclusions qu'il vous a proposées au nom de la Commission, la demande de renvoi des pétitions à M. le Ministre de l'Intérieur.

M. LE MINISTRE DE LA JUSTICE

a repris la parole dans les termes suivants :

Je ne remonte à la tribune que pour dire un mot, je veux répondre à l'honorable M. Bérenger que je n'ai entrepris ici aucune justification de ce qu'il blâme, et que je le blâme aussi sévèrement que lui. J'ai apporté des faits ; j'ai cherché à expliquer ce qu'il y avait de disproportionné en apparence entre le nombre des faits qui nous paraissent punissables et le nombre des condamnations ; mais l'honorable M. Bérenger pense que le jugement dont j'ai lu un extrait aurait mérité d'être frappé d'appel.

J'ai d'autant plus de peine à comprendre cette sévérité, que je ne suis même pas sûr, je le répète, qu'il n'ait pas abouti à une condamnation.

Je me suis borné à vous présenter un considérant qui vous montre comment, dans l'esprit des juges, il y a des distinctions à faire en pareille matière ; je ne crois pas que dans cette citation il y ait lieu de s'élever contre un jugement que nous ne connaissons pas davantage.

L'honorable M. Bérenger a ajouté : Ce n'est pas seulement l'œuvre des parquets de poursuivre ces scandales, c'est aussi l'œuvre de la police. La conclusion à laquelle il est arrivé achève sa pensée ; il demande le renvoi des pétitions au Ministre de l'intérieur.

Je n'ai pas mission de défendre M. le Ministre de l'intérieur ; mais je fais remarquer qu'il s'est suffisamment défendu lui-même dans la discussion de la loi de 1881, où il a réagi avec tant d'éloquence contre ces infamies, où il a protesté avec tant d'énergie et qu'il a contribué à faire voter.

Par conséquent, ses sentiments ne sont pas douteux à cet égard.

Et maintenant, quant aux actes, je puis bien dire que si les parquets sont résolus à agir comme ils l'ont toujours été, vous pouvez être certains, connaissant les sentiments de M. le Président du Conseil, que la police ne faillira pas non plus à sa tâche et qu'elle fera son devoir toutes les fois que les libertés publiques ne seront pas mises en échec.

(A l'unanimité le Sénat décide le renvoi des pétitions au Ministre de la Justice et au Ministre de l'Intérieur).

Le lendemain, 16 juin, ce vote recevait une sanction de plus sérieuses : M. Floquet, président du Conseil, annonçait au Conseil des Ministres que, pour se conformer à la décision du Sénat, il allait adresser aux préfets une circulaire pour leur recommander de veiller avec une extrême rigueur à l'application des lois sur les publications contraires aux bonnes mœurs.

Il n'était pas possible que la campagne de pétitionnement contre la mauvaise presse eût un résultat plus décisif à l'heure présente.

Nous en avons déjà la preuve à Marseille par les lignes suivantes empruntées au *Petit Provençal* du 10 juillet :

« Hier matin, M. Duchanoy, commissaire de police, délégué par le parquet, est allé saisir à l'imprimerie E. Bernard, l'original et le cliché de la couverture du volume *Le Nu au Salon*, texte par Armand Silvestre. »

Et maintenant qu'il nous soit permis de rappeler les dernières paroles que notre honorable vice-président M. Delibes, a prononcées dans l'Assemblée générale de 1886 : « L'œuvre entreprise par la Ligue se justifie pleinement d'elle-même ; elle mérite d'être mieux connue de tous, pour être appréciée à sa véritable valeur. Le Comité régional de Marseille continuera sa propagande en toute sincérité de conscience ; le bon grain tombé sur une terre plus propice finira par faire lever un jour une plus abondante moisson d'adhésions. »

LE COMITÉ RÉGIONAL DE MARSEILLE.

Marseille, 31 juillet 1888.

Les adhésions sont reçues aux adresses suivantes :

MM. Emile SCHLOESING, Président, à ses bureaux, rue des Princes, 18 ;

Ernest DELIBES, Vice-Président, boulevard Longchamp, n° 105.

Chaque membre de la Ligue s'engage à payer annuellement une cotisation minimum de **2** fr. **50**.

COMPTE-RENDU
DES RECETTES ET DES DÉPENSES
Pendant les Exercices du 1er juillet 1886 au 30 juin 1887 et du 1er juillet 1887 au 30 juin 1888.

Solde en caisse au 30 juin 1886............ .... F.	319	35

Frais pour l'Assemblée générale. .... F.	36	50
1,000 exemplaires du Compte-rendu de l'exercice de 1885-86. sous le titre de *La Femme. le Code et la Société*, et affranchissements....................	131	70
TOTAL..................... F.	168	20
Solde en caisse sur l'exercice 1885-86..............	151	15
TOTAL.................... F.	319	35

RECETTES

Solde en caisse précité......................•........ F.	151	15
Cotisation de l'exercice 1886-87............	824	»
— — 1887-88...	674	»
Don de Madame Princeps............... •........	25	»
TOTAL............•............ F.	1,674	15

DÉPENSES

Remis au Comité Central de Paris pour :		
500 brochures *Déclarations de Principes* et 250 brochures *Compte-rendu* des travaux de la Ligue de juillet 1884 à juillet 1887...................... F.	250	»
Distribution de ces brochures et affranchissements.....	25	45
Contribution du Comité régional de Marseille aux frais de pétitionnement en France...............	250	»
TOTAL.:....... ....•... F.	525	45
Solde en caisse au 30 juin 1888....................	1,148	70
TOTAL.................. ....,. F.	1,674	15

70

www.ingramcontent.com/pod-product-compliance
Lightning Source LLC
Chambersburg PA
CBHW060840180626
46818CB00004B/1523